U0165340

風吹

HONG-TSHUE

周｜蘇｜宗｜臺｜語｜詩

來看伊這部冊

推薦序 1

李恆德

專業台文寫作佮教學

熟似蘇宗兄嘛才這幾年的代誌爾

會記得彼年我咧寫《教典無的老台語》

一工一篇逐工園 fb 發表

伊上熱心逐工入來看

毋是干焦看爾爾

閣認真揤讚，留言贊聲鼓勵抑是提供意見予我參考指教

我總共寫 604 篇

伊逐篇綴甲到無一篇交落

這个過程中間伊嘛捌來台北相揣

和我鬥陣食飯開講

彼工阮和另外一个文友鄭如絜三个開講三點外鐘

無所不至談

破腹來相見

予我發見伊真正是一个 12 分熱情豪爽的查埔囝

嘛予我知影伊真濟足無簡單的工夫

頭一項彼陣伊今仔參加一个全國性的語文比賽

伊頭一擺參加就共提著社會組全國冠軍真正無簡單兼無天良

第二項伊毋但寫詩 gâu，記持嘛非常驚人，會記得有一擺伊敲電話予我，講起著伊的詩，伊繼嗽背幾若篇予我聽，每一篇攏是幾百字的長篇，伊一篇仔閣一篇背起來，每一篇攏溜嗽出，無頓蹬，無跳針，無嚶嚶嗯嗯，無呧呧嘟嘟，聲喉閣迷人有磁性，無輸張宗榮黃俊雄，予我感覺伊無行這途真正拍損，是講伊若較早出世咧，閣行這途，張宗榮毋就免賺食矣啦！

尾仔伊的詩專集出版聽講伊不斷受邀請去介紹伊的詩，短短幾個月伊全國走透透，講幾若十場，每一場攏滿台受著熱情的歡迎，這是別人做袂到的。

第三項伊寫詩寫甲變出色的詩人，演講會當做一流的演說家，其實伊本途是投資，嘛已經是成功的投資企業家，閣較可怕的是伊竟然會當走 ma-lá-sóng，雖然只有半馬，對伊這个年歲來講已經予我吐嗽舌澈底佩服，表示伊有足堅強的意志才會當做啥物成啥物！

了後我的彼本《教典無的老台語》出版，伊真慷慨共我相當的贊助，超出一般人做會到的程度，予我十二分的感謝！

這回伊這本詩的專集欲出版承蒙伊無相棄嫌，叫我共寫文推薦，我

一下手就允伊毋是交情的問題，是伊的詩確實寫了好，好甲百分之
百值得我推薦！

我評斷一个人抑是一个作品真簡單，就是提伊來佮我家己比，若是
比我家己較 gâu，抑是我家己做袂到的，我就會真心佩服，並且真
心願意報人知，和人分享，蘇宗兄佮伊的作品就是屬於這種！

有一句話按呢形容
五嶽歸來不看山
曾經滄海難為水
除卻巫山不是雲
看過蘇宗兄的詩，感覺世間已經無啥物好台文通好看
連一向真有自信的我家己的作品，我都感覺厭氣

若是用華語形容
伊是趙元任徐志摩彼級的
若是比較當今台語文壇
伊是路寒袖彼級的
結果伊的人生
過去一甲子伊是咧無閒投資股市
毋知怎樣忽然間覺醒
行入文學的叢林
山花為伊來開
野藤為伊四界旋

樹木為伊發穎大欉

樹頂的鳥隻為伊唱歌

樹椏的雨蛙為伊唸詩

塗跤面落葉為伊鋪做地毯

伊是叢林的王子

佇遐享不盡的美妙精彩心神迷醉

原來伊是予銀票耽誤的文學家

若是以金庸的武俠小說內底的人物來比

伊應該是華山論劍彼 5 个之一

無的確是黃藥師

因為伊較瀟灑

嘛無的確就是王重陽

因為伊才是王者

不管佗一个

問題是欲佮揣另外彼 4 个來鬥

來看伊這部

《風吹》50 篇的詩

逐篇都美麗逐篇都稀奇

想欲揀幾句仔予逐家鼻芳都真歹揀

好啦,清彩掰開加減拈就好

〈情批〉

用月光寫批

迷人的月娘，含情帶意

對樹葉仔的空隙

掖落來一沿一沿

寫佇塗跤兜

溫柔的情網

〈風吹〉

我是風吹，你是線

愛阮飛偌遠，你就放偌長

飛對海邊，加放一尺

飛上山頂，加放一丈

無論盤山過嶺，我知影

阮攏佇咧你的手中心

數念我的時陣

擢一下

阮就轉來你的心肝頂

〈阿母的新厝〉

阮嘛想欲化做千風

定定來阿母身軀邊做伴

熱人佇你四箍輾轉踅玲瓏

予你消涼

寒天罩佇你四周圍熁燒氣
予你溫暖

透早用日頭光喊你起床
暗時用月光守護你的身影

〈手指〉
一跤手指送予伊
向望兩人鬥扶持
少年懵懂
毋知彼是一世人的代誌
手指送予人，心煞走佗藏

〈止枵三寶，水餃〉
尖尖翹翹
好吉兆
中央攝襇
才有好心情
腹肚內擔蔥賣菜
鍋（ue）裡藏水沫
沐沐泅
等待予恁試鹹洘
出頭天

〈玉蘭花〉

開花無開喙

微笑閣頷垂

婿甲像玉仔

優雅贏翡翠

〈白露〉

菅芒匀匀仔點白

露水漸漸沉重

含詩帶意，仲秋開始

處暑煞戲，白露起鼓

彼个人，毋知是啥人

是佇溪邊抑是水堀

規部冊

逐篇攏是金句

處處攏有感動

只有清彩抾七段

袂當代表就是內底上婿的字句

最後總結我有幾句話

表達我對蘇宗兄這部詩集的感想：

讀著你的詩

親像啉一杯 UCC

摻糖驚傷甜

無糖嫌苦味

欲摻毋摻真躊躇

三八啦

哪著想遐濟

人伊有伊天然的清芳味

毋是甜毋是苦

是啉落喉

久久才會佇喙舌尾

漸漸仔浮出來的好滋味

毋是苦毋是甜

嘛是苦嘛是甜

原來應該是

苦甜仔兼苦甜

牢佇規喙

走都走袂去

天才型的詩人

路寒袖
詩人
第 6、7 屆金曲獎最佳方言歌曲作詞人

我第一遍讀著周蘇宗的詩是〈斯卡羅戰歌〉，這首是第八屆教育部「閩客語文學獎——閩南語現代詩社會組」的參選作品，拄好我是評審，我誠佮意這首詩，當時我的意見是：（這首詩）寫的歷史事件是最近誠流行的公視連續劇，作者有用心做功課，是一首故事豐富、氣勢飽滇的史詩，「斯卡羅的血脈是用袂完的火炮／竹箭是驚天動地的機關銃」為本詩定調，「早起的雾霧是海洋咧悲傷吐大氣／欲暗仔的紅霞是天星墜落的血水」，這款詩句展現出作者的藝術性。誠歡喜這个看法得著其他評審委員的認同，所以〈斯卡羅戰歌〉得著第一名。佇我的心目中，這个作者會使講是詩壇內底的陳耀昌醫師。

講起來誠有緣，一段時間了後，有一工，我的好朋友臺語專家周美香教授專工送我一本伊的學員出版的詩集《觀音》，作者是周蘇宗，閣較重要是內底收入彼首〈斯卡羅戰歌〉，原來就是伊寫的。

《觀音》是周蘇宗的第一本詩集，2022 年出版，上主要的主題是伊對阿母的思念，猶有伊佮佛法的因緣。其實周蘇宗的詩齡算短，2020 年年底才動筆，到今猶未滿四冬，就欲出版第二本詩集囉！跤

手實在誠猛醒，伊佇《觀音》的〈自序〉寫講，開始寫詩的三個月內就寫欲三百首臺語詩，產量驚人，會使講是一个天才型的詩人；另外一方面，也會當看出伊若決定欲做的代誌，就會認真專心一直共拚落去。

這本《風吹》是以二十四節氣對立春寫到大寒，毋過無一定會用著每一個節氣的名稱來寫詩，譬如「立春」內底有兩首，一首是〈春訊〉，另外一首是〈溪頭雺霧〉，並無一首標題是〈立春〉的詩作。不而過像「驚蟄」，嘛是收兩首，一首就是〈驚蟄〉，另外一首是〈太平洋的風〉。

周蘇宗佇《風吹》猶原放袂落伊上數念的阿母，〈太平洋的風〉、〈阿母的新厝〉、〈小寒〉、〈冬節圓〉這幾首攏有阿母的影跡，〈太平洋的風〉內底的詩句：「鹹鹹的風是太平洋的氣味／袂輸番薯麋攪鹽的清芳」佮〈阿母，多謝你〉：「學生時代補習了後轉到阮兜／菜櫥仔內攏有一碗芳絳絳的鹹麋／頂面攏掖蔥仔珠花」（《觀音》，p.44），「鹹麋」是周蘇宗佮阿母上重要的聯結。其實予我上感動是：「阮毋敢放聲吼／恐驚傷過澹溼的目屎／會攪亂已經焦燥的所在／阮毋敢過頭想你／煩惱傷過沉重的思念／會砙歹墓園的植栽」（〈阿母的新厝〉）這兩小段。全款是親情主題猶有寫阿爸的〈阿爸的跤踏車〉，寫外公的〈磨墨〉。

周蘇宗猶有一項誠特別的「特異功能」就是化用、轉譯別人的作品，像《止枵三寶》〈水餃〉、〈泡麵〉、〈炒飯〉和〈貨櫃情——讀路寒袖〈櫃情〉〉這兩首就是對我的情詩集《在門口罰站的天使》〈日常飲食三題〉和〈櫃情〉來的。〈風吹〉的靈感來自武雄老師的〈風吹，風吹〉；〈白露〉的根源是《詩經》〈秦風·蒹葭〉；〈臺

語秘魔崖月夜〉真明顯是對胡適〈秘魔崖月夜〉而來。周蘇宗厲害的所在是伊袂受著原作的綑縛，會當誠輕可就吸收原作的營養分，脫胎換骨，生出屬於伊家己骨肉靈魂的作品。

人生到這个坎站，周蘇宗自然有伊的性命思考，親像〈小滿〉、〈繭〉、〈時間的藥殼仔〉、〈心事〉、〈豆仔點〉等，我攏真有感覺。像：「人生袂當圓滿／小滿就好（〈小滿〉）」。「倚踮佇／借蹛的娘仔繭／年久月深／煞掠做是／家己永遠的厝」（〈繭〉）

〈豆仔點〉

誠濟話毋通直喉一句講到底
歇喘啉一喙仔茶
會使轉聲變好話

人生路途遙遠
有風毋通駛盡帆
停跤歇一下，看一時仔風勢
閣較大的風湧嘛會使安然過渡
予你看著千江月

有一寡工課若破柴，毋通連砧煞破落去（lueh）
你省力別人嘛快活
「逗點」毋是結束，干焦暫時歇睏
毋干焦歇睏，伊是圓滿

伊是有一撇的
烏豆仔點

會當共一个注音符號寫甲佮人生結合甲遮爾四序，實在想袂到是出
自一个寫詩才四冬的作者寫出來的。

其實，《風吹》對我上影目是情詩，〈春訊〉、〈情批〉、〈風吹〉、
〈手指〉、〈相思仔〉、〈止枵三寶〉、〈貨櫃情〉、〈白露〉、〈臺
語秘魔崖月夜〉、〈時針〉……攏是，咱來看周蘇宗按怎寫〈情批〉，
用日頭光寫批、用春風寫批、用雨水寫批、用月光寫批，伊的情批
是寫佇大自然中間的。

用春風寫批，風激甲無意仔無意
共阮的數念
吹過你的窗仔門邊
講是無啥物代誌
偷偷仔想你

用月光寫批
迷人的月娘，含情帶意
對樹葉仔的空隙
掖落來一沿一沿
寫佇塗跤兜
溫柔的情網

這款的情韻，若毋是詩壇的高手，無是啥人寫會出來？

上尾仔欲講兩件代誌，第一，詩集的上後壁一首是〈送行──寫予蘇嫚〉，蘇嫚是周蘇宗飼的一隻狗仔，16 歲過身，周蘇宗寫一首 68 逝的詩（是詩集內底上長的一首詩）來為伊送行、懷念，咱就知影個的感情有偌深，這嘛會當看出周蘇宗的情懷。另外是詩集最後有一首「特別收錄」〈永遠的臺灣島：寫予竹內昭太郎先生〉，佮第一本《觀音》仝款，這首「特別收錄」嘛是得獎的作品，仝款得著教育部閩客文學獎的大獎，恭喜周蘇宗。

熟似伊
是伫一節台語作詞課

武雄
台灣歌詞業界的工匠職人
第 23 屆金曲獎最佳作詞人

時間大概是舊年熱人彼跤兜，我接著一項任務，愛來去共一寡有興趣寫台語歌的朋友，分享我個人寫歌詞的經驗，地點是伫咧中正廟，暗頭仔行入去大廳，突然間有一種生份的感覺，才發現原來這角勢，過去我 kan-na 去過國家音樂廳佮國家戲劇院爾，當初伊禁止咱講台語，如今頭一改行跤到，是為著欲教台語，真正感慨萬千。

彼工我有較早到，家私頭仔才撨好勢，就有一个人過來挨拶，我心內暗想講，啊這个看起來都佮我頂下歲á，閣遐有心專工報名來上課，結果一下手就抾來一本冊，冊名《觀音》，是伊才出版的台語詩集，而且 káng 無偌久就聽會出來，這缽的無簡單，毋但台語有研究，創作有成績，若親像對我嘛有相當的了解，害我心頭搝一下，這聲費氣矣，這 sian 絕對歹剃頭。

規欉好好果然無錯，彼工了後，我就不時會收著蘇宗的「早安貼圖」，內容千變萬化，有世事的議論，有人情的描寫，有時是伊幼秀多情的作品，有時是對社會種種的批判，比論講有一改詩壇發生文抄公的糾紛，伊就三不五時傳來伊的分析，一張對照圖畫紅漆青，證據現拄現，按呢若毋是抄，啥物才叫做抄？

明明是一个對世事充滿熱情的詩人，一个對佛法有修為的居士，結果掰伊的面冊，又閣捎無摠，一工到暗都咧發股市行情，我想講機關藏咧倉庫，探聽才知，原來伊是英國伯明罕大學的財務碩士，像這款十八般武藝逐項捌透透 ê，講伊歹剃頭，一點仔都無共枉屈。

今年作詞課全款有開班，因為伊的熱情佮專才，蘇宗已經對學員變身做班上的台語顧問，上課進前全款來相借問，你共看又閣來矣，伊講伊年底欲出新的詩集，央我寫一篇頭序，論真講來，寫詩佮寫歌雖罔攏是文字創作，不而過各有鋩角，手路完全無仝，結果伊講這本號名《風吹》，害我連推都毋知欲按怎推。

詩集以二十四節氣做篇章，伊用幼秀的心，將日子化做詩句，一首一首記錄歲月，描寫對生活的感想、對親人的思念、對土地的關懷、對時代的觀察，講著過去，伊會用心考證詳細註解，使用的字句是端的的台語，採用的是正字台文，篇尾特別收錄的，幼，幼甲用伊飼的狗仔描寫天生萬物的感情；大，大甲用一本冊描寫戰後台灣島嶼的歷史風貌，蘇宗所關心的世界，就是遮爾 á 開闊。

蘇宗熱情海派好鬥陣，講伊歹剃頭是咧半滾笑，佇歌詞業界，普遍攏知影我對寫歌這項手藝的要求蓋龜毛，看伊對創作的頂真綿爛，其實有一種照鏡的心情，自古以來這個語言佇這片土地受盡苦毒，雖然過去這成十冬有小可仔改善，猶原是每踏一步攏予人百般刁難，親像蘇宗這款的用心用情，更加使人珍惜。

太平洋的風吹起
我的詩心

《風吹》是我的第二本詩集，依著 24 節氣，各收錄二至三首情詩，寫節氣也寫親情、土地及萬物的愛。第一本詩集《觀音》寫佛詩，也寫因緣生滅的人間萬象。《風吹》的風格比較隨意無拘束，還有主題歌，當然也叫《風吹》：「我是風吹，你是線。愛阮飛偌遠，你就放偌長。飛對海邊，加放一尺；飛上山頂，加放一丈。無論盤山過嶺，我知影，阮攏佇咧你的手中心。數念我的時陣，攑一下，阮就轉來你的心肝頂。」原本只是一首臺語詩創作，PO 在臉書分享，大俠許霈文毛遂自薦要幫我寫曲。鋼琴伴奏的 demo 版，旋律樸素，音符動人。武雄老師就這首詩跟我聊起比例原則，世界第一高山 8849 公尺，世界第一大洋長 15900 公里。「飛對海邊，加放一丈／飛上山頂，加放一尺」，才合乎邏輯。〈風吹〉的線是感情線，不是理智線；何況，放風箏的人也許住海邊，線不用放那麼長。又說「盤山過嶺」是空軍，用「天邊海角」較佳。其實「盤山過嶺」是心路歷程，它不只是陸軍也是空軍，更是海軍。瓶中信，不就是思念的海軍？當然，我是亂掰的，武雄老師也不是找碴，他在訓練我找到自己的風格。

〈太平洋的風〉是我的第一首臺語詩,並未收錄在《觀音》詩集裡。不是沒想過,是調性不合,或者說選錄其他的詩更適合。2020年12月13日,跟著財金參訪團花東旅遊,九曲洞陣陣涼爽的山風,導覽先生 Ganew 說是太平洋吹來的風。聽過胡德夫的〈太平洋的風〉,真的會吹這麼遠嗎?是懷疑或者不以為意,當晚入宿酒店,月色迷人,星光燦爛,太平洋的風不絕於耳,悠揚迴盪著。強震過後,太平洋的風依然吹拂,很多景色地貌已不復當初。再讀此詩,不勝唏噓。

〈溪頭霧霧〉是溪頭版的〈在水一方〉,迷霧、細雨、微光、鳥語,幻想的詩境。〈白露〉則是臺語版的《詩經 · 秦風 · 蒹葭篇》,晶瑩剔透的臺語文,「白露時分桂飄香」。

〈寄命〉寫礦工「七煞八敗」的命定與無奈,也寫礦工的勇氣與灑脫。〈大肚山組曲〉寫東海的 Luce 教堂、鳳凰樹和相思小徑。有我青春年少的熱情想望,也有浪跡天涯後的恬靜與淡然。

〈阿爸的跤踏車〉是當年《觀音》詩集的遺珠之憾。寫〈阿母〉,也寫〈隔壁阿公的八芝蘭刀〉,沒寫阿爸說不過去。〈磨墨〉寫外公留給我的手尾——石頭墨盤。造型古樸好看,但印象中不怎麼好用。也許是外公拿來磨我的耐性,真的不好磨,跟我的個性很像。

〈睡人〉是「影後詩」,看完電影寫的詩。因為電影,間接知道《睡人》原著作者 Oliver Sacks 及其豐富的作品與動人的一生。達

斯汀霍夫曼演《雨人》，勞勃狄尼洛和羅賓威廉斯演《睡人》，都曾求教過他。《睡人（Awakenings）》於 1973 出版，深刻描述被遺忘的嗜睡性腦炎倖存病人因著左旋多巴而逐一甦醒。真實紀錄片於 1974 在英國播出，1990 原著改編的電影上映。睡人在如雕像冷漠般的外表下，其實也有著熱情心智與善美個性。

《止杌三寶》含三首小品。〈水餃〉的「腹肚內擔蔥賣菜」，就是臺語的各行各業。有人說〈泡麵〉寫得傳神，我曾經是泡麵控。吃遍山珍海味，還是要一碗熱騰騰的泡麵，做為完美的 Ending。〈炒飯〉好吃的關鍵，冷飯熱炒，感情不也該歷久彌新？

〈小暑〉寫舊家附近川端橋一帶的景致。河堤國小前的汀洲路曾是萬華通往新店的七分仔軌道。水源路是日治時代的水道町，中正橋是當年的川端橋，小時候趴趴走的日本仔厝是現在的古蹟紀州庵。晉江街的土地公廟以前定期有歌仔戲、布袋戲熱鬧演出，阿公退休後負責戲棚下的座椅出租。租金因戲團受歡迎程度差別收費，一般的布袋戲團一張椅子一塊錢，李天祿的亦宛然就要兩塊錢。

〈阿母的新厝〉是《觀音》詩集裡的〈墓園〉。楚為仁自告奮勇幫〈墓園〉寫曲。怕有人忌諱，改稱〈阿母的新厝〉，手機掃描 QR 即可聽歌。楚為仁是我們那個年代的紅歌手，他寫的《媽媽》：「一枝針，一條線，用心計較共阮晟……」。原本以為是所有媽媽們日常的縫縫補補，其實不然。楚為仁小時候家裡開西裝店，針線是阿母營生的絕活。

〈送行〉寫給蘇嫚，我最疼愛的狗女兒。她喜歡聽 Andrea Bocelli 的歌，她喜歡看宮崎駿的《崖上的波妞》，她喜歡玩 touch down 看誰先達陣臥室沙發。阿嫚是生命的勇者，2023 年 16 歲，歷經兩次癌症手術，出院後依然樂觀天真。4 月 26 日凌晨，我抱著阿嫚，念誦 108 遍往生咒，從此吃素，功德迴向。

《永遠的臺灣島：一九四五年，舊制台北高校生眼中戰敗的台北》是一本真情動人的紀實文學，竹內昭太郎以灣生的角度，抒發 1945 年他眼中的臺北城，以及充當學徒兵時的體驗與戰爭的反省。〈永遠的臺灣島：寫予竹內昭太郎先生〉是我以一位老臺北的在地人觀點，對再孰悉不過的歷史場景的真情呼喚。「古亭菜市仔邊一六軒的弓蕉牛奶糖，滋味難忘的喙食物」，「一六軒」大約是現在飛碟電台對面 Starbucks 古亭市場附近，祖父就是一六軒糕點師傅的第一把交椅。

「推薦序」是寫序者的感覺，我一個字都不會改。說我是宗師或是「棕蓑」，說我是他們心目中的什麼人，我都尊重。畢竟，那是寫序者的感覺，我無法替他們感覺。李恆德前輩、路寒袖老師、武雄老師都曾在文字、詩句或歌詞方面給我意見，受益良多。邀請他們三位幫我寫序，很高興，也有些頭痛。高興的是三位真的都超級會寫，而且全臺文寫序；頭痛的是三位的序，怎麼排序？我跟李恆德前輩說他的序排第一篇，他說不要啦，其他兩位都那麼出名，他排第三篇即可。我說，你的排第一篇，也不會比他們出名，就這麼辦。本來想照姓氏筆劃，筆劃少的排前面，李恆德一定會說「死囡仔你

ㄌㄧㄥ工的，in 兩个攏姓王才四劃；我姓李七劃，註定排尾溜。」沒錯，路寒袖和武雄老師都姓王，也都得過金曲獎最佳作詞人。推薦序我是照他們的年紀排列，年紀大的排前面。

《風吹》的出版，除了原來的香海團隊及旅美畫家劉思妤 Stephish，這次特別邀請劉倍綺老師幫忙校稿，效率提升不少。感謝李恆德前輩、路寒袖老師及武雄老師不吝賜序，瀧瀧大哥的精心錄製賦予《風吹》更豐富的內容。我的臺語詩就只是詩，寫的時候沒想太多；寫後分析，更是不在行。因為寫序，講了詩沒明講的話。然後，也覺得蠻療癒的。

春訊

春天的色水咧欲發穎

烏面抐桮[1]敢猶佇曾文溪過暝

烏仔魚跟綴海洋的潮流

寄來北國的信息

鹹鹹的海風

有行船人的氣味

洘流[2]的海沙埔

是海湧的批紙

規个島嶼小雨綿綿

澹漉漉的天氣

思念有你的城市

無仝的島嶼，無仝的記持

無仝的海洋，仝款的相思

臺 語 文 註 解	1. 烏面抐桮 oo-bīn-lā-pue：黑面琵鷺。 2. 洘流 khó-lâu：退潮。

溪頭雺霧[1]

山桂花已謝，春花未開

阮佇 857 步路佮伊相拄

一陣冬節尾的山雨

共阮沃甲澹[2]糊糊

春暖花開，熱人欲來[3]

遠遠佇大學池

敢若有閣眇[4]著伊

(((thiann)))

春風無意，只賰漣漪

蓮藕收冬，楓仔葉轉紅

阮佇翠虹橋閣再相遇

小雨綿綿，輕霧茫茫

越頭看無伊的人

雾霧間走揣

若像貓仔的伸勻

霧色褪去

只賰帽仔緣的水滴

佮山雾的澹溼

目一𥍉

又閣是

久違的春天

臺 語 文
註 解

1. 雾霧 bông-bū：霧。
2. 沃 ak：淋雨。
3. 熱人 juah--lâng：夏天。
4. 眈 siam：偷瞄。
5. 賰 tshun：剩下。

所謂伊人，有時不在水之湄，卻在幽靜的山之谷。如果〈白露〉是臺語版的《詩經·秦風·蒹葭》，〈溪頭雾霧〉就是山谷版的《在水一方》。

27

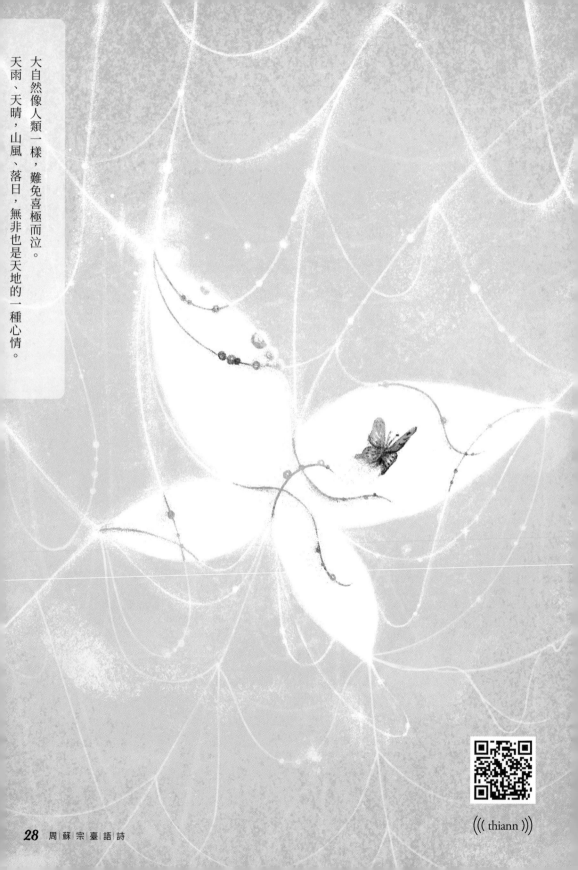

大自然像人類一樣，難免喜極而泣。天雨、天晴，山風、落日，無非也是天地的一種心情。

(((thiann)))

落雨天

天公伯仔佮咱人仝款

嘛是有歡喜甲四淋垂¹的時陣

阮以早袂愛落雨天

總感覺，空氣黏黏涔涔²

啥物代誌攏無法度通做

尾仔熟似作田的朋友

知影無雨做無頭路

花蕊青菜稻仔攏愛雨水

無水通啉³，人會喙焦

無水淹田，作物嘛袂快活

雨中散步是一種生活

雨中的街路袂輸歌廳

聽美妙節奏的落雨聲

雨景親像電影

看來來往往五花十色的雨傘

落雨也有好心情

**臺 語 文
註 解**

1. 四淋垂 sì-lâm-suî：涕淚縱橫。
2. 涔涔 siûnn-siûnn：黏答答。
3. 啉 lim：喝。

(((thiann))) (((kua)))

情批

欲共你講的話，已經揣無言語

欲寫予你的詩，嘛想袂出來半字

挽一片雲抑是遏一蕊花送你

敢有才調表達阮的情意

用日頭光寫批，日鬚藏佇批裡[2]
金黃色的光芒，焅出一字一字的相思[3]
趁每一工你起床的時
送予你規房間的溫暖

用春風寫批，風激甲無意仔無意[4]
共阮的數念
吹過你的窗仔門邊
講是無啥物代誌
偷偷仔想你

用雨水寫批，雨滴袂輸墨水
黕甲批紙澹漉漉
簾簷跤 ti-ti-ta-ta
字寫甲含含糊糊
思念嘛起起落落

用月光寫批
迷人的月娘，含情帶意
對樹葉仔的空隙
掖落來一沿一沿
寫佇塗跤兜
溫柔的情網

臺語不怎麼「輾轉」的鄭臣皓，為這封〈情批〉譜曲主唱。年輕世代創作或演唱臺語歌，有一種獨特的清新與韻味。別糾結在臺語的字正腔圓，一代有一代的聲音與音符，母語也是。

臺語文註解

1. 遏 at：摘取。
2. 日鬚 jit-tshiu：太陽的光芒。
3. 炤 tshiō：照亮。
4. 批 phue：書信。
5. 黕 tòo：暈開。
6. 簾簷跤 nî-tsînn-kha：屋簷下。

驚蟄

冬眠的萬物
予彼陣雷公爍爁¹叫醒
ió-káng 甜蜜的芳氣
傳來春天的氣味

(((thiann)))

啉一喙[3]春茶

期待春暖花開的驚喜

蟄伏的身軀

嘛愛準備伸跤出手

迎接拄睏精神[4]的春天

臺語文註解

1. 雷公 luî-kong：雷。
2. 爍爁 sih-nah：閃電。
3. 喙 tshuì：口。
4. 精神 tsing-sîn：醒來。

太平洋的風

太平洋的風

吹對島嶼東爿的海岸線

掀起藍寶石色的海湧佮波浪

紲落走去 Yayung Paru 溪邊露營

源頭佇奇萊北峰佮合歡山中央的立霧溪

晟養規个太魯閣峽谷的生湠

(((thiann)))

太平洋的風

踅手真扭掠

我佇燕子口嘛有佮伊相拄

伊炁阮飛過滿山遍野的青翠

太平洋的風

佇島嶼內輕聲細說

親像阿母的叮嚀佮吩咐

攑頭的暗暝

毋管是寒天的獵戶

抑是熱人的七星

阮攏會當聽著故鄉溫暖的等候

太平洋的風

佮阮佇錐麓相搪

鹹鹹的風是太平洋的氣味

袂輸番薯糜攪鹽的清芳

太平洋的風

佇九曲洞佮阮相逢

閒閒的風是太平洋的懶屍[5]

敢若秋清的老榕仔跤的下晡時[6]

九曲洞巧奪天工，太平洋的風悠然迴盪。
是母親的呼喚，抑或海洋的信息？島嶼離海很近，都市人的心不習水性。

太平洋的風

不時佮阮相遇

相借問了後

伊飛上峽谷的懸頂

我好親像聽著滿山坪的回音

佇遐咧喝[7]

Formosa

咱的幸福

攏佇遮

春分

春風吹開春日

暗暝佮日時平分春色

推揀太極

起手風生，放下恬靜

燕仔風吹鬥陣飛，成雙成對

(((thiann)))

男女老幼𬦰山迌迌，秉燭夜遊

斑芝點著街路，紅霞鬧熱天頂

青苔彩畫溪水邊，鳥隻山谷唸歌詩

雷公爍爁趕烏雲，雲開天清好光景

春分春分

春天的時分

上蓋美麗的時陣

臺語文
註解 　　　1. 𬦰 peh：爬。

風吹

我是風吹，你是線

愛阮飛偌遠，你就放偌長

飛對海邊，加放一尺

飛上山頂，加放一丈

無論盤山過嶺，我知影

阮攏佇咧你的手中心

數念我的時陣

擢一下[1]

阮就轉來你的心肝頂

臺 語 文
註 解

1. 擢 tioh：用拇指與食指輕輕地抽拉。

(((thiann))) (((kua)))

武雄老師的〈風吹，風吹〉有幾種唸法：①風吹風吹 Hong tshue hong-tshue，是風在吹風箏；②風吹風吹 Hong-tshue hong tshue，是風箏被風吹；③風吹、風吹 Hong tshue、hong tshue，是 2 個風箏。④風吹，風吹 Hong-tshue，hong-tshue，是風在一直吹。

43

(((thiann)))   ((kua)))

阿母的新曆

北海岸玫瑰園

一港溫暖的海風

親像阿母燦爛的笑容

安慰阮毋通悲傷

阿母講

遮有山有海閣有佛寺

可比是天堂

阿母講

遮有花有草嘛有寶塔

敢若是西方

阮毋敢放聲吼

恐驚傷過澹溼的目屎

會擾亂已經焦燥的所在

阮毋敢過頭想你

煩惱傷過沉重的思念

會晢歹墓園的植栽

阮嘛想欲化做千風

定定來阿母身軀邊做伴

熱人佇你四箍輾轉踅玲瑯

予你消涼

寒天罩佇你四周圍熁燒氣[2]

予你溫暖

透早用日頭光喊你起床

暗時用月光守護你的身影

化做千風會較扭掠[3]

三不五時做伙

早起來去（lái）海邊

散步聽海看日出

黃昏來去（lái）山頂

開講泡茶看紅霞

母仔囝毋是干焦一世人的親情

彼是累世萬劫的緣份

白色的山桂花發穎進前

阮會閣來看你

阮會交代個⁴墓草毋免修剪

按呢才知影

阮對阿母的思念

有偌深

偌長

臺 語 文
註 解

1. 硩歹 teh-pháinn：壓壞。
2. 熁燒氣 hannh sio-khì：烘熱。
3. 扭掠 liú-liȧh：行動敏捷。
4. 個 in：他們。

草仔粿

捻一塊記持的粿粞，生淡
用這久的清閒
勻勻仔共搦
搦開以早的鬱卒

袂輸
沓沓仔共
年久月深的烏青
推予開
莫凝血

包一寡芬芳炒料的餡
遞濟年落箵的空虛
才會實櫼

鼠麴草的甘甜
摻入去
拄仔精神的較早

(((thiann)))

包予平大塊
才袂大細心
纓纏無細膩的往過

用心共炊
予所有的厭氣衝煙[5]
飛上十三天外消敨[6]
干焦賰草仔粿的
安神佮清芳

一喙一喙
慢慢仔哺
鹹酸苦洘
攏吞落
腹肚

臺語文
註解

1. 粿粞 kué-tshè：將糯米磨成漿後，把水分過濾掉，使米漿變成固體狀，成為搓湯圓或做年糕的材料。
2. 挼 nuá：以手搓揉。
3. 落篏 làu-ham：原指竹子或甘蔗的節距較長，此指百無聊賴。
4. 實櫼 tsa̍t-tsinn：扎實。
5. 衝煙 tshìng ian：煙往上衝。
6. 消敨 siau-tháu：抒解。

(((thiann)))

穀雨茶

夢中的坪仔田妝娗春尾的眼神
穀雨茶當著時
茶葉飽滇,茶湯金黃
山茶花嬌滴滴

季節堅持,清芳謙虛
山茶花閣號做「袖隱」
嬌甲予人想欲藏咧手椀紮轉去厝裡

穀雨茶嘛號做二春茶
春來,春去
攏是美麗的
甘甜

臺語文
註解

1. 妝娗 tsng-thānn:妝扮。

(((thiann)))

食茶

①初曉 Tshoo-hiáu
褪掉雺霧
拍殕仔光 ê 日頭 [1]
精神
伸勻

②晨曦 Sîn-hi
淺淺金黃
薄縭絲 ê 色緻
拆箬 [2]
頭一喙甘甜

③朝日 Tiau-ji̍t

金光閃閃有元氣

袂苦袂澀好滋味

茶湯止嗽焦

芳氣袂礙胃

④暮霞 Bōo-hâ

奢颺鑿目 ê 光芒卸妝

溫柔閉思 ê 眼神

多情夜幕頷垂進前

額頭漆一逝

紅霞（âng-hê）茶色

⑤夜闌 Iā-lân

人聲恬靜 ê 喉韻

沉穩內斂 ê 暗暝

拉圖仔燒 ê 月色

陪你落眠

臺語文 註解	1. 拍殕仔光 phah-phú-á-kng：黎明。 2. 拆箬 thiah-ha̍h：破曉。

立夏

(((thiann)))

徙入熱人頭一工
春日佮百花相辭
早稻仔當欲吐穗
蟬聲快樂唸歌詩
田嬰點水躍跤尾
掀起趣味的熱天
蜜蜂蝴蝶颺颺飛
歡喜迌迌覕相揣
水雞相褒答喙鼓
舞弄鬧熱的暗暝
雷公爍爁真響亮
踮佇天頂拍鑼鼓
黃昏打扮抹朱紅
紅霞妝娗點胭脂

天公落水淹田岸

萬物心涼透心肝

烏鯧飛魚草仔粿

攢好立夏補老爸

菜瓜大蔥烏白豆

清彩上桌攏腥臊

四月佛陀仙祖生

搭棚搬戲敬仙佛

立夏雨水若拄好

五穀豐收好透流

1. 躡跤尾 nih-kha-bué：踮腳尖。
2. 覕相揣 bih-sio-tshuē：捉迷藏。
3. 答喙鼓 tap-tshuì-kóo：鬥嘴。
4. 清彩 tshìn-tshái：不講究。
5. 腥臊 tshenn-tshau：菜色豐盛。

阿爸的
跤踏車

阿爸的跤踏車
頭前有一个喨仔
喨一聲
伊就載阮去四界奶
無論海邊抑是駁岸
阿爸載阮到佗位
佗位就是阮的迌迌埕

(((thiann)))

阿爸的跤踏車
頭前有一个喨仔
喨一聲
隨在阮溪邊抑是山坪
只要跤踏仔踏落去
啥物所在隨講隨到遐

阿爸的跤踏車
頭前有一个喨仔
喨一聲
阮的世界就開始變化
無論以早抑是這馬
阿爸永遠佮阮做陣行

父親有一匹千里馬，幸福牌腳踏車。它是無遠弗屆的時光飛梭，我們常常逍遙在臺北城裡城外的夏日午後。

**臺語文
註解**

1. 駁岸 poh-huānn：堤岸。
2. 佗位 toh-uī：哪裡。

小滿

人生加減有寡無奈

就算講你用盡氣力咧生活

嘛未必然會達成想欲愛的目標

春天來矣

有當仔嘛是予雨水寒流打擾

人生也充滿希望

共無奈當做無常

共無常當做正常

才是日頭光的正能量

(((thiann)))

人生總是愈來愈寂寞
袂合的袂愛鬥陣
會合的佮阮仝款
年歲愈來愈濟
所以嘛愈來愈少
人生袂當圓滿
小滿就好

(((thiann)))

疼

佮草木萬物仝款
咱攏當咧恬恬蔫焦
一分一秒無聲無說
慢慢仔
毋過絕對袂重耽

親像行船人
故鄉的海岸
沓沓仔消失佇
匀匀仔浮懸的海面
目睭金金
看著咱的往事
跟綴海湧
一幕一幕洘流

進前的性命

原在佇心肝底燒烙

毋過，那來那成做

記持的烌燼

倚踮佇

借蹛的娘仔繭

年久月深

煞掠做是

家己永遠的厝

臺 語 文
註 解

1. 蔫焦 lian-ta：枯萎。
2. 重耽 tîng-tânn：出差錯。
3. 記持 kì-tî：記憶。
4. 烌燼 hu-tsîn：灰燼。
5. 倚踮 khiā-tiàm：安身立命 (倚：站；踮：在)。
6. 借蹛 tsioh-tuà：借住。
7. 煞掠做 suah-liàh-tsò：卻以為。

芒種

雨水的光影

黗甲滿稻埕

若像彩虹仝款

色水迷人圓滿

向望掖種的塗

無論懸低

雨水獻予萬物

天地嘛還咱

季節的豐收

(((thiann)))

稲仔飽米成做生淡的種子
結實的稻仔粒頂懸
發出來幼芒
共土地染甲金光閃閃
光芒四射的種子
就是天地無限的生機

手指

一跤手指送予伊
向望兩人鬥扶持
少年懵懂
毋知彼是一世人的代誌
手指送予人，心煞走佗藏

一跤手指訂終身
人生旅途鬥相佚
掛佇中指先送定
掛佇穩指結親情
箍跍指頭啥路用
無园心頭欲創啥

(((thiann)))

戒指戴在哪一指，代表什麼意義？因俗而異。一切因緣生，跟戒指沒有太大的關係。

世間萬法生滅，是緣也是債；有債還清，有緣惜緣。

一跤手指纏牢牢
世情到底有偌長
緣份又閣是啥物
感情的代誌薄縭絲
掛佇手裡
不如囥咧心肝穎

臺語文 註 解	1. 一跤 tsit-kha：一只。 2. 佝 thīn：連姻。例句：姑表相佝，親上加親。 3. 穤指 bái-tsáinn：無名指。 4. 囥 khǹg：存放。

夏至

綠色樹蔭

茂茂密密

金色的太陽

並昨昏的日頭閣較奢颺

送走春天的妖嬌

(((thiann)))

迎接清涼的西北雨佮鬧熱的火金蛄

簾簷跤睨雨的燕仔

歇跤節氣變換的航道

準備後過的飛行

毋免閣獨夜無伴等待

嘛免留戀日時的精彩

青春的干樂佮時間走標

送走日時上長的一工

身騎白馬追趒流逝的歲月

日子敢若亂鐘仔走精去的發條

一工並一工較冗

透中下晝發出光芒

共夏季的燦爛

捘做周至的日頭光

臺語文
註解

1. 捘 tsūn：扭轉發條。
2. 周至的 tsiu-tsì--ê：周全的。

大肚山組曲

① Luce 教堂

敢若飛簷走壁

閣淡薄仔成古厝紅瓦

外牆袂輸一个一个囥貯青春的篋仔

嘛像森永牛奶糖的鬥片仔

有人講

伊親像雙掌合十的祈求

嘛有人講

伊袂輸尾蝶仔的翼股

成啥無要緊，重要的是精神

我顛倒感覺

伊是一隻大肚山的方舟

欲佮咱行船佇真善美的宇宙

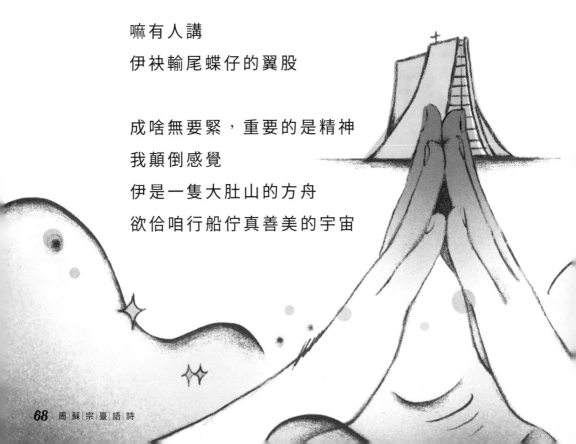

② 鳳凰木

熱人上蓋奢颺的尾蝶仔

覗跕樹尾頂颺颺飛

嫷閣大範的體格

佇畢業典禮彼跤兜

共規个校園染甲紅記記

紲落飛去天頂，成做一隻熱情的火鳥

順紲食掉規工的色水

毋是天光，嘛猶未黃昏

就成做一大片的紅霞

③ 相思仔
思念的飛行機,輕蠓蠓²
佇相思林巡航,綴風走揣思念的方向
輕輕仔搖,共阮的相思
搖去你的身軀邊

罩雺的時
風氱霧佇林內散步,沓沓仔淀
一欉一欉的相思仔,若像覕佇蠓罩後爿³ ⁴
佮阮相對相,文文仔笑

相思林裡陣陣的清芳，是迷魂的情網

成做火炭，氣口全款

烏金，燒甲火紅

思念，相偕

臺 語 文
註 解

1. 紅記記 âng-kì-kì：紅通通。
2. 輕蠓蠓 khin-báng-báng：輕飄飄。
3. 覕 bih：躲。
4. 蠓罩 báng-tà：蚊帳。
5. 相偕 sio-siāng：相同。

我是虔誠的佛教徒，卻被 Luce 教堂深深吸引。莊嚴，無關乎教派。真善美與否？別看教徒，也別看教主，經典教義才是真如。

小暑

老步定的 Kawabata 橋邊
小可仔暑日雾霧的記持
懶屍的駁岸起風燒烙
轉彎踅斡廈門街小巷
教會聖樂趕走暑意
新店溪無攬無拈
同安街斑芝輕聲細說
汀州路河堤國校茉莉花
盤牆芳甲滿四界
蟋蟀仔覕佇土地公廟塗壁裡
鵁鴒咧蟾蜍山頂展翼練工夫

(((thiann)))

舊家離新店溪很近，長輩常耳提面命別往 Kawabata 跑。一直以為是河邊的意思，長大才知道 Kawabata 是日文的「川端」，中正橋是日治時代的川端橋。念國中時，在廈門街歷史悠久的「川端釣具店」買過一支最陽春的釣竿，幻想自己是天才小釣手。

西北雨㽞頭，風颱攢跤手

風慢行，雲徙跤

日頭月娘嘛拖沙

揣無覕相揣的日子

天真無知的年紀

跟綴記持拋荒的鐵枝路

漉漉搣的輕便車

軁入歲月磅空

消逝佇古亭庄舊街亭仔跤

時間的巷路

阮囡仔時的笑聲

**臺語文
註解**

1. 小可仔 sió-khuá-á：一點點。
2. 斑芝 pan-tsi：木棉樹。
3. 塗壁 thôo-piah：泥牆。
4. 攢跤手 tshuân kha-tshiú：摩拳擦掌。
5. 漉漉搣 lók-lók-hián：搖晃不止。
6. 軁 nǹg：穿越。

止枵三寶

① 水餃

尖尖翹翹

好吉兆

中央攝襇

才有好心情

腹肚內擔蔥賣菜

鍋（ue）裡藏水沫

沐沐泅

等待予恁試鹹洘

出頭天

(((thiann)))

②泡麵

用上熱情的水沖（tshiâng）

排解年久月深的焦燥

傷爛，厚纓纏

無熟，喙哺心憒

時間著掠

熟度撙節

好食透流

③炒飯

按怎吵不常在

感情若猶有溫度

自然就有芳氣

炒飯愛粒粒分明

鬥陣未必然事事項項

四常的代誌

才是正港的清甜

用心豉

勻勻仔來

毋免趄 tshuh-tshuh

毋通迎新棄舊

冷飯熱炒

才會好食

(((thiann)))

大暑

節氣用伊熱甲衝煙的熱情

佮咱相借問

和磅針走標的熱度

衝甲掠袂牢

花蕊踮天頂開做雲尪

彩虹佇山裡流做水沖

仝款的氣流，無仝的懸低

干焦家己知影的冷暖

心的帆船，佇海湧海風當中

行出來上婿的航路

心的海鳥，佇天地大海之間

展開翼股自在飛行

飛出來

熱人上蓋美麗的

架勢

臺語文 註解

1. 雲尪 hûn-ang：天空中各種樣式的大片雲朵。
2. 懸低 kuân-kē：高低。

貨櫃情——讀路寒袖〈櫃情〉

(((thiann)))

竚踮甲板時間的皺痕
拋碇歇船佇港口碼頭
交換仝款寸尺的實櫼
安搭來去往回的寄託
鋼板枝骨四正的身軀
鐵鉎蓋漆定著的靈魂
洘流海漲洗盪海沙埔
海鳥陪伴阮思念聽候
羅經堅定海角的航路
天星焙光閃爍的軌道
海湧浮沉測量的懸低
揙風順湧安搭的根底
規年週天沐泅的身命
褸迵世界孤寂的磅空
偽裝卸貨的面腔靠岸
微微仔風迎接海波浪
消蝕鹹篤篤的純情夢
曝規船鮮沢島嶼記持
敆一櫃海風佮鹽予你
按呢就毋驚海水會焦

海水、海風與陽光賦予老掉牙的詞句新生命，這樣，就真的不怕「海水會焦」了。

臺語文註解

1. 竚 tshāi：豎立。呆呆站著、僵立。

蝕月

月娘佮日頭佇地球兩爿

摸大索

月娘用伊的心情海湧

占領日頭的駁岸

洘流的時

順綴佇海沙埔頂

簽名做記號

天狗食月

吞袂落去

呸倒出來

成做一粒

紅記記的

月影

---

1. 摸大索 khiú-tuā-soh：拔河。

(((thiann)))

落葉

按樹頂到塗跤兜
是阮規世人的飛行

佇飄落的航線頂懸
阮毋但佮空間接觸
嘛佮時間相拄
身軀已經枯焦
血脈嘛強欲蔫去
風中殘葉的阮
才拄欲開始上蓋豐富的性命旅程

(((thiann)))

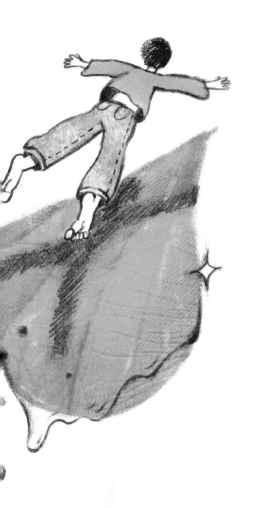

涼風和雨水嘛來送行
空氣瞬間生冷
一久仔煞分袂清
離別抑是重生

時節若到
阮就按樹頭
倒轉去樹尾
閣做一擺
迎風的樹葉

處暑

規年迵天上婿的節氣
消敨炎天赤日頭的漚熱
換做清風小雨的爽快恬靜
袂輸桃花過渡

(((thiann)))

大細粒汗轉踅心涼的脾土

秋天的雲薄薄，袂寒袂熱好迌迌²

秋天的水清清，湖光山色好光景

秋天的聲好聽，蟬叫鳥啼好心情

秋天的針黹，用日鬚和月光的絲線

繡出綾羅錦緞的

迷人光影

臺語文 註 解

1. 規年迵天 kui-nî-thàng-thinn：一整年。
2. 迌迌 thit-thô：遊玩。

臺北街頭

① 行動雕像
徛踮鬧熱的街頭
用袂振袂動的姿勢
共時間堅凍
冷眼旁觀
這个美妙生動的世間
單純的金黃
較贏畫烏漆白[1]

(((thiann)))

眼睛不眨一下，動也不動。表演者動靜之間，牽引著街頭觀眾的情緒與目光。他不動，你屏氣凝神；

他一動，眾人驚歎不已。行色匆匆的行人與不動如山的行動雕像，勾繪出臺北如詩一般流動的風景。

眼花撩亂的花花世界

無必要閣加啥物色水

恍惚相閃身

躊躇停跤

抑是無要無緊

攏是上美麗的相遇

奔波勞碌的你

是毋是欣羨阮的閒閒無代誌

阮的偽裝

敢是你上蓋真實的家己？

②小丑仔
笑袂出來？
抑是欲吼無目屎？
落落烏暗的無底深坑
墜落，墜落，閣墜落

空虛的信箱音訊齊無
一改閣一改等無半字的全然失望
躼躼長的人生
有頭無尾的磅空
向望一屑仔日頭光
鑿目嘛無要緊

燈火暗淡的車廂內底搖來幌去
若像起起落落的海湧
上車落車，到站盤車
無閒甲袂記得攑頭的海海人生

鮮紅向上的嘴角哭笑不得，斗大淚珠的眼眶欲哭無淚，誇張至極的靴子寸步難行，矛盾、諷刺的人生註解。

鮮血妝娗的朱紅喙脣

閣較痛疼嘛著喙角向懸

好笑神

五彩的目箍下跤

金光閃閃的目屎滴

毋但眼前茫茫渺渺

是心肝底烏雲罩霧

大甲笑死人的靴管[4]

註定是有路無厝的運命

那歆那脹大的雞胿仔[5][6]

袂輸嘐潲白賊的世情[7]

只要恁笑了歡喜

阮嘛開懷佮意

沿路的傷痕累累

成做恁的心花一蕊

閣一蕊

③玉蘭花
開花無開喙
微笑閣頷垂
婿甲像玉仔
優雅贏翡翠

敢是運命創治
註定愛佇街路趁食[8]

毋管炎天赤日頭抑是透風落雨
仝款佇街仔路穿趖
西北雨落袂過車路
嘛是定定共阮沃甲澹糊糊

生理若好

予人買去車內吹冷氣

生理若穤

路頭路尾去去來來

凡勢閣薦焦，予人擲咧塗跤無人愛

阮的性命予鉛線束縛

阮的歲月蹛路裡行徙

阮共芳味獻予世界

阮的青春心事

啥人知

臺語文
註解

1. 畫烏漆白 uē-oo-tshat-pėh：亂塗鴉。
2. 賬賬長 lò-lò-tn̂g：冗長無益。
3. 鑿目 tshák-bák：刺眼。
4. 靴管 hia-kóng：靴子。
5. 歕 pûn：吹。
6. 雞胿仔 ke-kui-á：氣球。
7. 嘐潲 hau-siâu：吹噓誇大。
8. 趁食 thàn-tsiáh：討生活。
9. 生理 sing-lí：生意。

白露

菅芒匀匀仔點白
露水漸漸沉重
含詩帶意，仲秋開始
處暑煞戲，白露起鼓
彼个人，毋知是啥人
是佇溪邊抑是水墘
金秋白露，光彩奪目
草木一秋，人生幾何
逆流的水路
更深露凍，輕霧茫茫
順流的航程
清氣透明，桂花清芳
彼个伊
是佇此方、他方
抑是在水一方

《詩經‧秦風‧蒹葭》原文：

蒹葭蒼蒼，白露為霜；所謂伊人，在水一方；

溯洄從之，道阻且長；溯游從之，宛在水中央。

蒹葭萋萋，白露未晞；所謂伊人，在水之湄；

溯洄從之，道阻且躋；溯游從之，宛在水中坻。

蒹葭采采，白露未已；所謂伊人，在水之涘；

溯洄從之，道阻且右；溯游從之，宛在水中沚。

(((thiann)))

臺語秘魔崖月夜

全款的月光暝

相偕的空山夜

月色伴阮轉到厝

孤單按怎解憂愁

松林一陣微微仔風

拍醒山谷的恬靜夢

山風吹亂紙窗頂數念的痕跡

吹袂走阮心肝底思慕的人影

胡適〈秘魔崖月夜〉原文：

依舊是月圓時

依舊是空山靜夜

我獨自月下歸來

這淒涼如何能解

翠微山上的一陣松濤

驚破了空山的寂靜

山風吹亂了窗紙上的松痕

吹不散我心頭的人影

(((thiann)))

97

愛

茫茫世間，阮愛三項，日頭月娘查某人
愛日頭佇日時
愛月娘佇暗暝
阮愛你是無日佮無暝

(((thiann)))

（原文）

I love three things in the world, sun, moon, and you. Sun for morning, moon for night, and you forever.

秋分
Tshiu-hun

寄命

寄命佇暗摸摸的炭空
1
七煞八敗的烏色舞台

兩片肺飼一口灶

炭坑 40 度，空氣薄薄薄
2
跟綴台車無情墜落

心情負 3 度

烏暗的騎士，澹溼的國度

頂天立地的查埔囝

佇炭空底伸跤出手
3
黏黐黐的身軀

烏色的炭

敢是阮暗淡無光的性命

入坑

挖起來的是性命的謎題

出坑

揹起來的是生活的現實

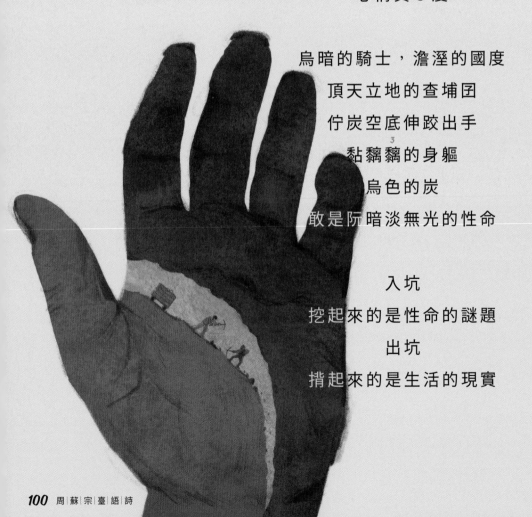

(((thiann)))

礦壁坎坎坷坷

內心咇噗喘跳

用上謙卑的姿勢趁食

用上真情的態度生活

酸素矸[4]代替酒矸

矸仔內的勇氣

敢是阮青春少年時的氣口[5]

用賰無偌濟的氣魄

出力閣欶一喙薰[6]

欶出往過的飄撇[7]

磅空口[8]的光線

就算稀微暗淡

嘛是阮上大的向望

臺 語 文
註 解

1. 七煞八敗 tshit-suah-peh-pāi：礦坑內鈴響
七聲代表有事故，要後送醫院；響八聲就是
有重大災變，已有人員傷亡。
2. 跟綴 kin-tuè：跟隨。
3. 黏黐黐 liâm-thi-thi：黏答答。
4. 酸素 sàng-sòo：氧氣。
5. 氣口 khuì-kháu：口氣
6. 欶薰 suh hun：吸菸，亦作「噗薰」、「食薰」。
7. 飄撇 phiau-phiat：帥氣灑脫。
8. 磅空 pōng-khang：隧道。

時間的
藥殼仔

阮用青春寫批
橐入去少年的批囊內底
寄予半老老的家己
批收著
煞毋知影
欲回批予少年時的我
抑是閣較老的自己？

(((thiann)))

阮用月光寫批

天星貼郵票

橐²入去宇宙的批囊內底

光的速度做郵差

寄予無限以外的星球

到時陣

接批的人是我

抑是幻化的千萬億年？

阮用心寫批

紙頭無名，紙尾無字

地水火風，有情無情

千言萬語

攏總橐入去乾坤批囊³裡

無寫住址，無貼限時

毋知你

敢有看見

臺語文
註解

1. 家己 ka-kī：自己。
2. 橐 lok：裝入。
3. 批囊 phue-lông：信封。

寒露

秋風勻勻仔掰開黃錦錦的菊花
一蕊一蕊的景緻黗開光彩奪目的色水
山頂今仔轉紅的楓仔葉
鮮沢恬靜的光芒，嬌滴滴的妝妊[1]
婿甲滿山坪的紅霞
雁鳥白鑠鑠[2]的身軀冷光四射
追趕露水風寒的節氣

輕聲吟唱的金秋歲月
舞弄曠闊的天頂彩雲
葉脈頂面強欲相辭的露水滴
撽算分秒精差[3]的日子
連鞭就佇純然的輕煙雾霧裡
無來無去

(((thiann)))

行咧欲規年迴天的五花十色

水變焦、青轉紅的秋天

褪掉性命的面紗

毋免遐爾仔惜皮

露水滴清氣短促

日暮西山嘛迷茫暗淡

秫米飯khiū嘀嘀[4]

紅麴發酵

一沿[5]一沿的寒霜勻勻仔結露

激出來故鄉上蓋迷人的風土

臺語文
註解

1. 鮮沢 tshinn-tshioh：光鮮亮麗。
2. 白鑠鑠 pe̍h-siak-siak：白晃晃。
3. 擉算 tiak-sǹg：精打細算。
4. 飯嘀嘀 khiū-teh-teh：有彈性，有嚼勁。
5. 一沿 tsi̍t iân：一層。

磨墨

我扶著你堅定的意志
佇烏色的石板路行徙
你用盡百年幻化的身軀
化做烏色的血汗
佮規个天地盤撋[1]

(((thiann)))

力頭傷飽，墨汁洘焦
力頭痠軟，色水淡汫
勻勻仔共磨
就會當了解墨盤
磨甲墨汁，袂洘袂潒
磨甲墨色，金滑生花

畫山畫水，花鳥雲蕊
展開著
渾然天成的
潑墨山水

外公留給我的「手尾」，一只簡潔古樸的石頭墨硯盤，彷彿這幾十年來沉甸甸的思念。

臺語文
註解

1. 盤撋 puânn-nuá：交際往來，此處指融合於天地之間。
2. 傷飽 siunn-pá：用力過猛。
3. 洘焦 khó-ta：墨汁濃稠。
4. 痠軟 sng-nńg：軟弱無力。
5. 淡汫 tām-tsiánn：墨淡色稀。
6. 金滑生花 kim-kút-sing-hua：光亮有朝氣。

霜降

天氣轉涼

已經深秋

毋是紅色血脈頂面

薄薄的一沿油花

(((thiann)))

冷冽的節氣變化

紅色的楓仔葉

綿綿的霜降

霜若雪仝款

降落

心情拄才¹

起飛

臺語文
註解

1. 拄才 tú-tsiah：剛才。

109

血脈

霜雪紛飛
烏雲罩霧
自由的回音喊喝
冷漠的世界無聲
若有若無，撙貼的空間 [1]
阮是紅塵俗世的一粒沙

寒星冷月
荒野曠闊
齷齪的星球吵抐 [2]
揣無倚起的所在
浮浮沉沉，寂寞的航程
阮是銀河孤帆的小船仔

浩瀚社稷幻化，盤千山過萬嶺
虛空周沙恬靜，佮天地孤對削 [3]
奔流大江海，捲起風雲
滾絞烏水溝，鑽破霧霧

(((thiann)))

斷離百代愁，守護母親的島嶼

天光焔征途，雷公爍爁擊戰鼓

吵家挐宅，坎坎坷坷的民主路

陰風暗毿，老神在在的自由國

淒冷天星，追趕火箭

奢颺雲尪，響亮戰鑼

鐵甲旗幡，沖天反乾坤

壯士英姿，魂魄拔山河

祖先的筋絡，傳承堅持

母親的土地，美麗生湠

擔輸贏，毋認命

咱是母親晟養的寶貝心肝

毋驚疼，繼續拚

咱是天公疼惜的番薯仔囝

軁迵古今的血脈……燒烙

母親國度的心槽……疼惜

臺語文
註解

1. 揜貼 iap-thiap：人煙罕至，或隱密的地方。
2. 齷齪 ak-tsak：鬱悶、煩躁。
3. 孤對削 koo-tuì-siah：單挑。
4. 奢颺 tshia-iānn 此指意氣風發。
5. 軁迵 nǹg-thàng：穿越。

立冬

等待春泥的軟塗
是季節的麵粉糊
共思念和向望搝做伙
收成入庫
冬眠歇睏

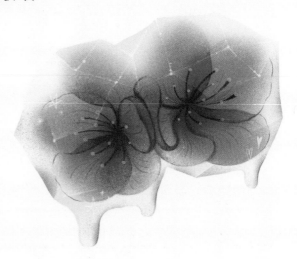

(((thiann)))

動靜之間

節氣轉踅

歲月的痕跡

無講無呾[1]

卻是生動分明

毋驚霜凍寒冷

燒烙的日頭光

就佇面頭前

(((thiann)))

時針

無常和時鐘仝款

時分嘛有長有短

愛情親像時鐘的指針

敆做伙的時陣無濟¹

我的呼吸干焦囝會落你的芳味²

阮的喘氣共你的心跳綴牢牢

目睭擘金，袂認得眼前的空間
日常的磨練，活跳跳的人生
親像無鉸無剪的電影
目睭瞌咧，想袂曉戲齣的結局
相逢的一工，恬吚吚的無言
袂輸啞口片的劇情
噗一喙薰，食一喙茶
揣一个所在，好好仔對話
簡單幾句嘛好
莫講音訊齊無
若準小可仔歇跤
時針聽候分針
只賭時間的滴滴答答
你的離開是阮的空白
佇指針相敆進前
傾聽恬靜的心內話

時針掰回，歲月嘛袂倒趖

佇宇宙崩裂進前

溫習功課餾你的氣味

無法度躊躇

時間是寂寞的マッチ⁶

無法度定去

青春嘛無才調回頭

你的離開

就是世界上長的暗暝

臺 語 文
註 解

1. 敆 kap：重疊。
2. 干焦 kan-na：只有。
3. 擘金 peh-kim：睜開。
4. 瞌咧 khueh--leh：閉上眼。
5. 恬啾啾 tiām-tsiuh-tsiuh：安靜無聲。
6. マッチ má-tsih：拜把死黨。

小雪

七星的斗柄向北斜西
玉衡，開陽，瑤光
陪伴阿母佮阮相辭
迎接立冬了後的頭一个節氣

(((thiann)))

小雪
心肝頭淡薄仔落雪
一點仔淒涼
萬般的毋甘

佇冬暝孤獨遠行
已經袂記得秋天的落葉
抹寡仔月光的面模¹
雪白的內心
冰冷的溫度
堅凍一世人的情份

臺 語 文
註 解

1. 面模 bīn-bôo：輪廓。

睡人

刻佇椅條頂面痕跡滄桑的名字
囡仔時代無煩無惱的記持
睏一眠醒
失落幾十年

干焦會記得遙遠的彼暗
跤手重鈍毋聽話，烏白亂使動
喙齒根家己下性命咬
想欲硬挽牢雄雄拄欲相辭的魂體
頭殼煞無才調指揮身軀
袂輸身首拼房，五體吵家抐宅
tsuán 失落拍毋見
捨離當欲起飛的青春少年時

(((thiann)))

堅凍的歲月敢若千斤重石

[2]

袺甲袂振袂動，強欲袂喘氣

奢颺又如何

眼前烏雲罩霧，茫茫渺渺

心肝底的非洲曠闊大草埔

象馬鹿獅豹虎

奔傱走跳風沙上天

[3]

燒烘烘的心情

袂輸六月的火燒埔

可惜跤手據在人舞，冷熱不和

[4]

扞佇花格鐵窗較有倚靠

毋過插翼難逃

青春的尾蝶仔那飛那遠

[5]

毋是窗仔門傷狹

[6]

是貪戀的心想傷濟

Oliver Sacks 的《睡人（Awakenings）》於 1973 出版，深刻描述被遺忘的嗜睡性腦炎倖存病人因著左旋多巴而逐一甦醒。《睡人》紀錄片於 1974 在英國播出，1990 改編自原著的電影上映。Oliver Sacks 深信，睡人在如雕像冷漠般的外表下，也有著熱情心智與善美個性。

溫柔的背影

壓袂牢怨恨世情的青面獠牙

咖啡餐廳最後的惜別

溫柔體貼的舞步

安搭早就放棄的 tempo

進一步是無底深坑

退一步是毋甘心憒

這塊曲盤的旋律是上蓋圓滿的晚安曲

椅條頂面的痕跡會閣繼續滄桑

記持加一个美麗的名字

這改入眠了後

向望會使夢中

相見

臺語文 註解

1. 跤手 kha-tshiú：腳和手。
2. 矺 teh：壓。
3. 燒烘烘 sio-hōng-hōng：熱呼呼。
4. 扞 huānn：用手扶著。
5. 傷狹 siunn ue̍h：太窄。
6. 傷濟 siunn tsuē：太多。
7. 安搭 an-tah：安撫。

大雪

大雪（tuā-seh）起飛的季節

阮猶佇他鄉外里

敲電話較好

抑是寫批予伊

寒風喊咻

雪花飄落

(((thiann)))

若像銀白色的蠓罩
伴奏音樂響起的寒夜
車聲人聲遠行
恬靜洗盪鬧熱滾滾
繁華卸妝，輕聲吟唱
熊佮虎的跤跡
抑是人的心機較深
蛇皮和蜂岫
攏是冬眠進前的線索
大雪紛飛的方向
敢是阮思念的故鄉

(((thiann)))

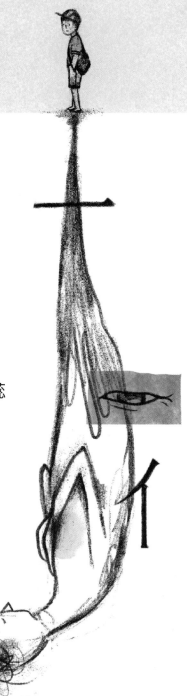

心事

露水的心事，藏佇花蕊
淺淺厚厚
採花蜂無閒頤頤[1]

螺殼的心事，藏佇真珠

圓圓滑滑

女人胸前的心思

月娘的心事，藏佇天星

閃閃爍爍

追星族茫茫渺渺

沙漠的心事，藏佇風裡

泉水綠洲

駱駝客愛恨情仇

阮的心事

囥佇天地曠闊

真空妙有

美麗幻化的

宇宙

臺語文 註解

1. 無閒頤頤 bô-îng-tshih-tshih：忙得不可開交。

冬節圓

冬節圓挲圓圓

阿母挲的圓仔一粒一

鹹芳佇喉裡

甜蜜貼心穎

冬節圓烰甜甜

阿母挲的圓仔甜閣綿

甜甲像蜂蜜

飪甲若麻糍

(((thiann)))

大學時代寫了一組「冬至」詩，
其中〈團圓〉：
桂圓湯圓沒有妳圓，也無須貴州的茅台
我只要一盅小米酒，母親自釀的香醇
柔細在掌中旋轉、旋轉
搓揉成一次次的團圓
40年後，我用母語寫《冬節圓》，湯圓依然甘甜，母親已成思念。

冬節圓挲媠媠²

冬節圓挲媠媠[2]

阿母挲的圓仔有色水

金的像花蕊

銀的有智慧

冬節圓咱團圓

阿母挲的圓仔上入味

思鄉數念放袂記

挲出溫暖飽滇

的團圓

臺 語 文
註 解

1. 烰 phû：將食物放在水中加熱煮熟。
2. 挲媠媠 so suí-suí：搓湯圓搓得很漂亮。

(((thiann)))

鬥片仔

共美麗的完整拆散
才閣一位一位走揣
一片一片接枝好勢
等甲上落尾彼个欠缺出現
號做咧欲

相倚的是天生一對
無法度鬥陣的
毋是永遠無緣
換一爿
無的確就四配

有緣做伙無緣免怨感[2]

佮人袂合你無毋著

嘛毋是別人的過錯

先倚來的無一定是適合的彼个

加試幾改才知影

敢通做伙

這搭袂合，換一个所在

凡勢就峇峇峇[3][4]

每一片鬥片仔攏無仝款

因為按呢

毋才有法度鬥陣

家己有伴

嘛成做逐家的

圓滿

臺語文
註解

1. 落尾 lōo-bué：後來、最後。
2. 怨感 uàn-tsheh：埋怨。
3. 凡勢 huān-sè：也許。
4. 峇峇峇 bā-bā-bā：非常的契合。

小寒

太陽的羅經[1]

吹上冷的風

飄上柔的雪

勻勻仔行向春天倚靠

若像落葉聲的

「悉唎悉唎，蘇嚧蘇嚧」

殊勝吉祥，大悲的甘露法水

(((thiann)))

寒星陪伴冷月

揣[2]風冷雪的小寒

是春天進前

上堅凍的跤步

並大寒閣較寒的節氣

謙虛的名號

暗崁[3]冷冽的氣口

雁鳥飛轉北國的故鄉

順紲䠊走

拄才溫燒的日頭

臺 語 文　註 解

1. 羅經 lô-kenn：羅盤。
2. 揣風 tsìnn-hong：逆風。
3. 暗崁 àm-khàm：掩蓋。

豆仔點

誠濟話毋通直喉一句講到底

歇喘啉一喙仔茶

會使轉聲變好話

(((thiann)))

人生路途遙遠
有風毋通駛盡帆
停跤歇一下，看一時仔風勢
閣較大的風湧嘛會使安然過渡
予你看著千江月

有一寡工課若破柴，毋通連砧煞破落去（lueh）
你省力別人嘛快活
「逗點」毋是結束，干焦暫時歇睏
毋干焦歇睏，伊是圓滿
伊是有一撇的
烏豆仔點

大寒

曆日最後的一个節氣

總參過去一年所有的寒暑

流年親像流水

春天猶未起飛

大寒先來降落

天氣愈冷，田園愈青
氣候愈寒，霜雪嘛愈白
大寒袂寒，春分就袂溫暖
無霜凍的耐心聽候
欲哪有美麗的
春暖花開

(((thiann)))

送行──寫予蘇嬤

共你穿彼軀你上佮意的粉紅仔色的
素花仔裙
陪你起程
爸爸媽媽欲焄你來去換新衫
佛菩薩講這領皮衣穿傷久矣，袂合軀
愛你放下，另外揀一領

(((thiann)))

逐工，你用獨一無二的司奶喊阮起床

16 个形影相隨的春夏秋冬

有咱才知影的鋦頭

耍甲厝蓋強欲夯起來

媽媽欲掠戰犯，你跤手猛捷走去覕

爸爸眅著你天真浪漫的好笑神

嘛發現你愛作孽的個性

Touch down 是你上愛耍的運動之一

你是高手天生出世，走袂贏你

一入門，你就是上勢迎客的禮賓司長

規工的費心操勞隨抎佇腦後擴

頭一改褪齒，袂輸你的青春發穎
爸爸媽媽攏替你歡喜
木工壁堵有你的齒痕
若像樹仔的年輪
一痕一跡攏刻佇爸爸媽媽的心肝窟仔
欲離開阮的時
你挽掉15齒早都已經害去的蛀齒
無親像你囡仔時，這改阮干焦有傷悲
雄雄袂記得你並爸爸媽媽較老矣

嫚寶，爸爸足想你
[2]揹佇胸前的溫柔佮囥佇腦海的記持
竟然，天差咧地
閣較濟的影跡，嘛毋值得你彼粒活跳跳的心
彼粒予爸爸媽媽歡喜展笑容的心
品好袂吼，目屎煞袂輸思念崩岸的海湧
轉到厝，看袂著你天真等待的好笑神
這个家無你溫暖的等候
敢若暗so-so的厝，失去光彩

姊姊講你變做天頂的「小星星」

爸爸卻是成做迷航佇宇宙的太空船

揣無降落的星球

爸爸甘願是流浪的隕石

思念失速、跋馬敗輦

化做焚身的火石

陪伴你佇恬靜寂寞的星河

嫚寶，你上勢變鬼變怪

敢會得親像爸爸愛聽的彼首歌

化做千風，千絲萬縷的微微仔風

按呢，爸爸媽媽就會當不管時佇窗仔門邊

鼻著你敢若杏仁的芳味

嫚寶，你上愛看「崖上的波妞」
敢講你正經投胎轉世做古錐肥白的紅嬰仔
按呢，等你會行會走
爸爸媽媽可能攏愛攑枴仔囉
無的確佇街仔路無張持閣看著彼个熟似燦爛
的好笑神

嫚寶，你上愛聽 Bocelli 的歌
爸爸媽媽若是放伊的曲盤
你敢會閣挾倚來做伙聽
抑是你已經幻化做美妙的音符
佮過往全款
暝日踮爸爸媽媽的耳空邊嗤舞嗤呲

蘇嫚是我最疼愛的狗女兒。她喜歡玩 Bocelli 的歌和宮崎駿《崖上的波妞》，她喜歡玩 touch down 看誰先達陣臥室沙發。阿嫚是生命的勇者，2023 年 16 歲，歷經兩次癌症手術後，4 月 26 日凌晨往生。抱她在懷裡念誦 108 遍往生咒，從此吃素，功德迴向。

嫚寶寶，爸爸媽媽知影你是有志氣閣

善良的囡仔

咱厝邊頭尾全沿的迌迌伴只賰你一個

知影你嘛是小可仔孤單

毋免掛心爸爸媽媽

十方三世無限曠闊

由在你隨心四界行徙

爸爸媽媽深深知影

就算累世萬劫，只要因緣的花若閣開

咱會閣做爸仔囝、母仔囝

臺語文註解

1. 勢 gâu：擅長。
2. 揟 mooh：緊抱。
3. 佚 kheh：擠。
4. 噯舞噯呲 tshi-bú-tshih-tshū：小聲說話。

周|蘇|宗|臺|語|詩

永遠的臺灣島

・寫予竹內昭太郎先生・

(((thiann)))

獅頭山頂，天清雲薄；七星嶺上，菅草雺霧[2]

臺北州[3]四界遶，大稻埕好迌迌[4]

你是灣生[5]，思念晟養你的母親

永遠的臺灣島

昭和 20 年 5 月 31[6]，戰雲對天邊鳴金擊鼓而來

幾若百隻美軍 B24 轟炸機共臺北州城攀甲頭眩目暗炮火連天

袂輸草蜢仔大軍的戰魔，青面獠牙，兵臨城頂

予人強欲袂喘氣的戰火，跍踏本成萬里無雲的城市

高校拄才入學的學徒兵隨參加一場無佝熟似的祖國愛你拍的戰爭[7][8]

險險玉碎當欲奢颺的 18 歲的青春[9]

欶一喙武士牌的紙薰[10]，敢會成做正港的武士？

切腹，嘛無法度證明咱流的是全款的血

臺灣神社火燒厝[11]，無才調守護這个皇軍霸占的島嶼

新高山[12]恬恬懸懸徛佇遐

總督府[13]予炸彈磅甲去一半

生離死別，朝代轉踅，伊攏看佇目睭底

若像表參道的明治橋[14]，迒過淡淡清幽的基隆河

臺灣神宮佇圓山仔頂懸哀聲嘆惜[15]

花開花謝，節氣變換；無得定的戰火繼續溹

草山挖防空壕的日子[16]，懵懂少年時淡薄仔的稀微

逐工愛唱的溫柔校歌，變調做無奈出征的戰曲

七星寮看過去的山邊紅霞[17]，染做美軍擲落來的無情戰火

南門口恬靜堅持的城牆[18]，陪伴你行過借濟灣生的青春

植物園荷花池邊的蟲豸[19]，敢猶會記得你的心聲

大世界館的電影一幕一幕咧重搬[20]

草山眾樂園的硫磺味[21]，小可仔淰淰又閣溫暖的記持

西門市場八角堂[22]，早就妝娗做紅樓入夢中

崛川道路月色炤光的南國之夜[23]

Drigo 小夜曲響起的河堤草埔[24]

敕使街道行七擺[25]，嘛袂當坐清你的情懷

紅色的日頭已經落山

四箍輾轉陷入烏暗的眠夢

天皇無條件投降的詔文透濫冷冷的山風吹過心酸的門口埕

投降矣！大日本帝國不敗的神話破滅矣！

玉音放送[26]，鰗仔魚食鮎鯢[27]的大東亞戰爭煞鼓

八紘一宇[28]的神國幻影嘛全然破碎

在地抾額的兵仔營除隊[29]，你的靈魂嘛得著疏開引揚佮安慰

共參戰的五摠頭剃清氣[30]，頭鬃埋入厝前的木瓜樹跤[31]

安葬走縒的青春，嘛鉸掉不義的戰爭

這片土地本底就毋是恁的

勇敢共臺灣還予臺灣人，才是大和民族的尊嚴

古亭菜市仔邊一六軒[32]的弓蕉牛奶糖，滋味難忘的喙食物

太平町[33]丸公園路[34]邊擔仔的米粉湯，規世人攏會記得的古早味

榮町[35]光食堂[36]的枝仔冰，滲喙齒閣透心涼

東門町[37]二條通[38]的配給米，並啥物攏較芳甜

士林的「防空壕小姐」聽講徙去水道町[39]某番地

通學路裡相拄毋捌請問芳名的「臺北小姐」[40]是走去佗位？

投降[41]、除隊[42]、疏開[43]、引揚[44]，你是欲轉去佗一个高天原[45]？

臺灣敢毋是你出世徛起的所在？

新店溪，海鳥千風；紫色山茶花，文文的笑容

四分之一世紀 25 年的久別重逢[46]

「南國ラジオ」[47]的音樂又閣響起，敢若美玲姊仔[48]的叮嚀佮吩咐

囡仔伴姿碧小姐[49]的日語早就生鉎，你的臺灣話舊底就袂輾轉

歡喜寫佇鬢邊，感動刻佇眼神；噗噗惝的心跳千言萬語斷半字

再會啦圓山仔、大稻埕；再會啦竹仔湖、舊草山

觀音山麓踮關渡淡水河出海口遠遠的所在

就予戰爭的亡魂崁魂佇連綿的大屯山裡

無論雷公爍爁，風雨交加，烏雲密布

伊是咱的母親，上媠的島嶼

永遠的臺灣島

臺語文註解

1.《永遠的台灣島：一九四五年，舊制台北高校生眼中戰敗的台北》是竹內昭太郎（たけうちしょうたろう）先生的紀實文學著作，描寫他充當學徒兵時的體驗與戰爭的反省。作者是日治時期 1927 年 2 月出生於臺北的日本人，曾就讀臺北錦尋常小學校（今臺北龍安國小），1945 年就讀臺北高等學校。二戰末期，被徵調到草山、竹子湖、七星山一帶，經歷「開學即入伍」的學徒兵生活。臺北高校日籍校友會「蕉葉會」凋零後，曾為學徒兵的校友們成立「蕉兵會」，竹內先生擔任負責人。

2. 獅頭山頂……菅草霧霧：臺北高等學校第一校歌《獅子頭山》（詞：三沢糾；曲：阿保寬），校歌開頭即唱「獅子頭山に雲みだれ，七星が嶺に霧まよふ」。

3. 臺北州：日治時代行政區之一，由原臺北廳合併宜蘭廳及桃園廳的三角湧支廳而成；轄域包含今臺北市、新北市、基隆市及宜蘭市。

4. 大稻埕：臺北市大同區西南部傳統地域，因具有廣大曬穀場而得名。咸豐十年淡水開港後，成為臺北以茶葉及布料為主，最繁華的物資集散中心。

5. 灣生 uan-sing：日據時代在臺灣出生的日本人。

6. 昭和 20 年 5 月 31：1945 年 5 月 31 日臺北遭受美軍大轟炸，史稱「臺北大空襲」。

7. 高校：臺北總督府臺北高等學校，簡稱臺北高等學校或臺北高校。

8. 學徒兵：二戰末期日本徵召中學、高中、專校與大學生從軍。日本稱大學生為「學生」，中學、高中及專校生為「生徒」，合稱入伍生為「學徒兵」。

9. 玉碎 giȯk-suì：二戰末期，日軍以「玉碎」代稱守軍全體陣亡。

10. 武士牌：1911 年，臺灣專賣局臺北菸草工廠開始生產，光牌和武士牌都是當時臺北菸草廠的商品。

11. 臺灣神社：1901 完工，原位於今臺北市劍潭山山麓；1943 至 1944 年遷座與擴建，二戰末期升格為臺灣神宮。

12. 新高山：臺灣玉山比日本富士山還高，日人稱新高山。

13. 總督府：現在的總統府。1945 年 5 月 31 日臺北大空襲，受損嚴重，主結構傾斜，直到 1948 年才修復完工。

14. 明治橋：跨越基隆河，連接敕使街道與臺灣神社。戰後改名為中山橋，於 2002 年拆除。

15. 臺灣神宮：見註 11。

16. 草山：今陽明山地區。

17. 七星寮：臺北高校的學生宿舍，可眺望臺北最高的七星山而命名。

18. 南門口：臺北府城南門，今臺北市中正區公園路及愛國西路路口。

19. 植物園：創設於 1896 年（明治 29 年），幾經改革後，於 1939 年改稱「臺灣總督府林業試驗所植物園」，簡稱「植物園」。

20. 大世界館：1935 年於西門町開幕的電影院，地下一樓、地上

三樓,有當時最豪華的放映設備。

21. 眾樂園:日治時期日本開發草山的天然溫泉,1930 年興建公共浴場「臺北州公立澡堂眾樂園」,為今日的臺北市教師研習中心。

22. 西門市場八角堂:現在的西門町紅樓。

23. 崛川 Kut-tshuan 道路:日治時期臺北「特一號排水溝」旁所建道路,今臺北新生南北路。

24. Drigo 小夜曲:義大利作曲家德利果 (R. Drigo 1846-1930) 的作品。

25. 敕使 Thik-sú 街道:由臺灣總督府直達臺灣神社這段路,即今臺北市中山北路一段至三段。因為日本皇族來臺都經由這條路參拜臺灣神社,亦稱「御成街道」。

26. 玉音放送:指收音機上播放二戰日本天皇的《終戰詔書》。

27. 大東亞戰爭:日本二次大戰時在遠東和太平洋戰場的戰爭總稱。

28. 八紘一宇 Pat-hông-it-ú：日本帝國二戰時期的國家格言，意在統治全世界，宣稱「皇國國是之依據，系建國之大精神八紘一宇」。

29. 抾額 khioh-giảh：徵調足夠的學徒兵名額。

30. 五摠頭 gōo-tsáng-thâu：指五蘊，色、受、想、行、識。

31. 木瓜樹跤：戰後竹內先生與兩位同窗好友互相把頭髮理掉，埋在院子裡的木瓜樹下，用這種哲學儀式埋葬戰爭，並相約再將頭髮留長，代表重生。

32. 一六軒 It-liȯk-ian：日人森平太郎在本町開設的和菓子名店（今重慶南路一段）。後來又在古亭市場旁開了洋果子工廠，生產香蕉牛奶糖等商品。

33. 太平町 Thài-pîng-ting：因町內有太平街而得名。位於大稻埕永樂町之東，戰後劃入延平區。

34. 丸公園 Uân-kong-hn̂g：指建成圓環，日治時期熱鬧的小吃市集。

35. 榮町 Îng-ting：今日衡陽路、寶慶路一帶，日治時期的臺北

銀座。

36. 光食堂 Kong-sit-tn̂g：日治時代知名餐廳。

37. 東門町 Tang-mn̂g-ting：今徐州路、信義路二段、仁愛路一段。

38. 配給米 phuè-kip-bí：配給所位於東門町二條通中段，配給米有 40 公斤左右，竹內先生提到「國家雖敗，猶有配給米」，充滿了感激與感傷。

39. 防空壕 hông-khong-hô 小姐：學徒兵期間，竹內先生從七星山營區到臺北出公差，車經士林，遇美軍轟炸空襲，千鈞一髮之際，一位第二高女的女孩對他高喊：「軍人先生，這裡有防空壕」，救了他一命。竹內先生回憶時，暱稱她為「防空壕小姐」。

40. 水道町 Tsuí-tō-ting：日治時期臺北南區，臨新店溪，位置在自來水水道起設處而得名，戰後劃入古亭區，現在的中正區。

41. 臺北小姐：竹內先生還在上學的時候，每天通學路上都會和她擦身而過，竹內先生形容她的臉就像日本娃娃（人形）一樣漂亮，暱稱她為「臺北小姐」。

42. 除隊 tû-tuī：退伍。

43. 疏開 soo-khai：將人民疏散。

44. 引揚 ín-iông：遣返。二戰失敗後，日本須將各地日本人送回
國內。

45. 高天原 Ko-thian-guân：日本神話傳說認為靈魂最後的歸處。

46. 久別重逢：竹內先生被引揚回日本的 25 年後，1971 年三月及
十二月兩度造訪臺灣，並探望難忘的臺灣姑娘美玲與姿碧。

47. 南國 la-jí-ooh：南國ラジオ (收音機)，見註 48。

48. 美玲：林美玲，第三高女畢業。家住御成町二丁目大馬路旁一
間三層樓的店舖住宅，一樓是南國收音機店。二戰日本投降後，
竹內先生因緣巧合認識美玲小姐，跟著她學做生意。

49. 姿碧：美玲已逝大哥的女兒，由美玲扶養長大，小竹內先生一
歲，日本戰敗那年滿 17 歲。由於竹內先生跟著美玲小姐做生意，
也常與姿碧互動，有彼此好感的情愫。

星月風 15

風吹　HONG-TSHUE

作　　　者　周蘇宗
繪　　　圖　劉思妤
臺語文校稿　劉倍綺

總　編　輯　賴瀅如
編　　　輯　蔡惠琪
美 術 設 計　許廣僑
錄 配 音 師　張巍瀧

出版・發行　香海文化事業有限公司
發　行　人　慈容法師
執　行　長　妙蘊法師

地　　　址　241 新北市三重區三和路三段 117 號 6 樓
　　　　　　110 臺北市信義區松隆路 327 號 9 樓
電　　　話　(02)2971-6868
傳　　　真　(02)2971-6577
香 海 悅 讀 網　https://gandhabooks.com
電 子 信 箱　gandha@ecp.fgs.org.tw
劃 撥 帳 號　19110467
戶　　　名　香海文化事業有限公司

總　經　銷　時報文化出版企業股份有限公司
地　　　址　333 桃園縣龜山鄉萬壽路二段 351 號
電　　　話　(02)2306-6842

法 律 顧 問　舒建中、毛英富
登　記　證　局版北市業字第 1107 號

定　　　價　新臺幣 310 元
出　　　版　2024 年 11 月初版一刷
I S B N　978-626-98849-4-0
建 議 分 類　詩｜臺語詩文

國家圖書館出版品預行編目 (CIP) 資料

風吹：周蘇宗臺語詩 / 周蘇宗著 . -- 初版 . --
新北市：香海文化事業有限公司, 2024.11
160 面；17x23　公分
ISBN 978-626-98849-4-0 (平裝)

詩｜臺語詩文

863.51　　　　　　　　　　　　　　113014983